AF235474

Hans Christian Andersen
Die Schneekönigin

Hans Christian Andersen
Die Schneekönigin

1.Auflage
Taschenbuch – Literatur - Klassiker
Herausgeber Frank Weber, Marburg
Bibliografische Information der Deutschen Nationalbibliothek:
Die Deutsche Nationalbibliothek verzeichnet diese Publikation in der
Deutschen Nationalbibliografie; detaillierte bibliografische Daten sind
im Internet abrufbar über http://dnb.dnb.de
© 2019 Hans Christian Andersen
ISBN: 9783751922104
Herstellung und Verlag: BoD – Books on Demand, Norderstedt

Die Schneekönigin

Hans Christian Andersen

Ein Märchen in sieben Geschichten

Die Schneekönigin

Hans Christian Andersen Andersen

Ein Märchen in sieben Geschichten

Erste Geschichte, welche von dem Spiegel und den Scherben handelt.

Seht, nun fangen wir an. Wenn wir am Ende der Geschichte sind, wissen wir mehr als jetzt, denn es war ein böser Kobold! Es war einer der allerärgsten, es war der Teufel! Eines Tages war er recht bei Laune, denn er hatte einen Spiegel gemacht, welcher die Eigenschaft besass, dass alles Gute und Schöne, was sich darin spiegelte, fast zu Nichts zusammenschwand, aber das, was nichts taugte und sich schlecht ausnahm, hervortrat und noch ärger wurde. Die herrlichsten Landschaften sahen wie gekochter Spinat darin aus, und die besten Menschen wurden widerlich und standen auf dem Kopfe ohne Rumpf, die Gesichter wurden so verdreht, dass sie nicht zu erkennen waren, und hatte man einen Sonnenfleck, so konnte man überzeugt sein, dass er sich über Nase und Mund verbreitete. Das sei äusserst belustigend, sagte der Teufel. Fuhr nun ein guter frommer Gedanke durch einen Menschen, dann zeigte sich ein Grinsen im Spiegel, so dass der Teufel über seine künstliche Erfindung lachen musste. Alle, welche die Koboldschule besuchten, denn er hielt Koboldschule, erzählten überall, dass ein Wunder geschehen sei; nun könne man erst sehen, meinten sie, wie die Welt und die Menschen wirklich aussähen. Sie liefen mit dem Spiegel umher, und zuletzt gab es kein Land oder keinen Menschen mehr, welcher nicht verdreht darin erschienen wäre. Nun wollten sie auch zum Himmel auffliegen, um sich über die Engel und den lieben Gott lustig zu machen. Je höher sie mit dem Spiegel flogen, um so mehr grinste er; sie konnten ihn kaum festhalten. Sie flogen höher und höher, Gott und den Engeln näher; da erzitterte der Spiegel so fürchterlich in seinem Grinsen, dass er ihren Händen entfiel und zur Erde stürzte, wo er in hundert Millionen, Billionen und noch mehr Stücke zersprang. Und nun grade verursachte er weit grösseres Unglück als zuvor; denn einige Stücke waren kaum so gross wie ein Sandkorn, und diese flogen ringsumher in der weiten Welt, und wo jemand sie in das Auge bekam, da blieben sie sitzen, und da sahen die Menschen alles verkehrt oder hatten nur Augen für das Verkehrte bei einer Sache; denn jede kleine Spiegelscherbe hatte dieselben Kräfte behalten, welche der ganze Spiegel besass. Einige Menschen bekamen sogar eine Spiegelscherbe in das Herz,m und dann war es ganz greulich; das Herz wurde einem Klumpen Eis gleich. Einige Spiegelscherben waren so gross, dass sie zu Fensterscheiben verbraucht wurden; aber durch diese Scheiben taugte es nicht, seine Freunde zu betrachten. Andere Stücke kamen in Brillen, und dann ging es schlecht, wenn die Leute diese Brillen aufsetzten, um recht zu sehen und gerecht zu sein; der Böse lachte, dass ihm der Bauch wackelte, und das kitzelte ihn so angenehm. Aber draussen flogen noch kleine Glasscherben in der Luft umher. Nun werden wir's hören!

Zweite Geschichte:

Ein kleiner Knabe und ein kleines Mädchen

Drinnen in der grossen Stadt, wo so viele Menschen und Häuser sind, ja nicht einmal Platz genug ist, dass alle Leute einen kleinen Garten besitzen können, und wo sich deshalb die meisten mit Blumen in Blumentöpfen begnügen müssen, waren zwei arme Kinder, die einen etwas grösseren Garten als einen Blumentopf besassen. Sie waren nicht Bruder und Schwester, aber sie waren sich ebenso gut, als wenn sie es gewesen wären. Die Eltern wohnten einander gerade gegenüber in zwei Dachkammern, wo das Dach des einen Nachbarhauses gegen das andere stiess und die Wasserrinne zwischen den Dächern entlang lief; dort war in jedem Haus ein kleines Fenster; man brauchte nur über die Rinne zu schreiten, so konnte man von dem einen Fenster zum anderen gelangen.

Die Eltern hatten draussen beiderseits einen grossen hölzernen Kasten, und darin wuchsen Küchenkräuter, die sie brauchten, und ein kleiner Rosenstock. Es stand einer in jedem Kasten; die wuchsen gar herrlich! Nun fiel es den Eltern ein, die Kasten quer über die Rinne zu stellen, so dass sie fast von dem einen Fenster zum andern reichten und zwei Blumenwällen ganz ähnlich sahen. Erbsenranken hingen über die Kasten herunter, und die Rosenstöcke schossen lange Zweige, die sich um die Fenster rankten und einander entgegen bogen; es sah fast einer Ehrenpforte von Blättern und Blumen gleich. Da die Kasten sehr hoch waren und die Kinder wussten,dass sie nicht hinaufkriechen durften, so erhielten sie oft die

Erlaubnis, zueinander hinauszusteigen und auf ihren kleinen Schemeln unter den Rosen zu sitzen, da spielten sie dann so prächtig.

Im Winter hatte dieses Vergnügen ein Ende. Die Fenster waren oft ganz zugefroren; aber dann wärmten sie Kupferschillinge auf dem Ofen und legten den warmen Schilling gegen die gefrorene Scheibe; dadurch entstand ein schönes Guckloch, so rund, so rund; dahinter blitzte ein lieblich mildes Auge, eines vor jedem Fenster; das war der kleine Knabe und das kleine Mädchen. Er hiess Kay, und sie hiess Gerda. Im Sommer konnten sie mit einem Sprunge zueinander gelangen; im Winter mussten sie erst die vielen Treppen herunter und die Treppen hinauf; draussen stob der Schnee.

"Das sind die weissen Bienen, die schwärmen," sagte die Grossmutter.

"Haben sie auch eine Bienenkönigin?" fragte der kleine Knabe, denn er wusste, dass unter den wirklichen Bienen eine solche ist.

"Die haben sie!" sagte die Grossmutter. "Sie fliegt dort, wo sie am dichtesten schwärmen! Es ist die grösste von allen, und nie bleibt sie ruhig auf Erden, sie fliegt wieder in die schwarze Wolke hinauf. Manche Mitternacht fliegt sie durch die Strassen der Stadt und blickt zu den Fenstern hinein, und dann frieren die gar sonderbar und sehen wie Blumen aus."

"Ja, das habe ich gesehen!" sagten beide Kinder und wussten nun, dass es wahr sei. "Kann die Schneekönigin hier hereinkommen?" fragte das kleine Mädchen. "Lass sie nur kommen!" sagte der Knabe, "dann setze ich sie auf den warmen Ofen und sie schmilzt."

Aber die Grossmutter glättete sein Haar und erzählte andere Geschichten.

Am Abend, als der kleine Kay zu Hause und halb entkleidet war, kletterte er auf den Stuhl am Fenster und guckte aus dem kleinen Loch. Ein paar Schneeflocken fielen draussen, und eine derselben, die allergrösste, blieb auf dem Rand des einen Blumenkastens liegen; die Schneeflocke wuchs mehr und mehr und wurde zuletzt ein ganzes Frauenzimmer, in den feinsten weissen Flor gekleidet, der wie aus Millionen sternartiger Flocken zusammengesetzt war. Sie war so schön und fein, aber von Eis, von blendendem, blinkendem Eise. Doch war sie lebendig; die Augen blitzten wie zwei klare Sterne; aber es war keine Ruhe oder Rast in ihnen. Sie nickte dem Fenster zu und winkte mit der Hand. Der kleine Knabe erschrak und sprang vom Stuhl herunter; da war es, als ob draussen vor dem Fenster ein grosser Vogel vorbeiflöge.

Am nächsten Tag wurde es klarer Frost – und dann kam das Frühjahr; die Sonne schien, das Grün keimte hervor, die Schwalben bauten Nester, die Fenster wurden geöffnet, und die kleinen Kinder sassen wieder in ihrem kleinen Garten hoch oben in der Dachrinne über allen Stockwerken.

Die Rosen blühten diesen Sommer so prachtvoll; das kleine Mädchen hatte einen Psalm gelernt, in welchem auch von Rosen die Rede war; und bei den Rosen dachte sie an ihre eigenen; und sie sang ihn dem kleinen Knaben vor, und er sang mit:

Die Rosen, sie verblüh'n und verwehen,
Wir werden das Christkindlein sehen!

Und die Kleinen hielten einander bei den Händen, küssten die Rosen, blickten in Gottes hellen Sonnenschein hinein und sprachen zu demselben, als ob das Jesuskind da sei. Was waren das für herrliche Sommertage; wie schön war es draussen bei den frischen Rosenstöcken, welche unermüdlich zu blühen schienen!

Kay und Gerda sassen und blickten in das Bilderbuch mit Tieren und Vögeln, da war es – die Uhr schlug gerade fünf auf dem grossen Kirchturm –, dass Kay sagte: "Au! Es stach mir in das Herz, und mir flog etwas in das Auge!"

Das kleine Mädchen fiel ihm um den Hals; er blinzelte mit den Augen; nein, es war gar nichts zu sehen.

"Ich glaube, es ist weg!" sagte er; aber weg war es nicht. Es war gerade so einer von jeden Glassplittern, welche vom Spiegel gesprungen waren, dem Zauberspiegel, wir entsinnen uns seiner wohl, dem hässlichen Glase, welches alles Grosse und Gute, das sich darin abspiegelte, klein und hässlich machte; aber das Böse und Schlechte trat ordentlich hervor, und jeder Fehler an einer Sache war gleich zu bemerken. Der arme Kay hatte auch ein Splitterchen gerade in das Herz hinein bekommen. Das wird nun bald wie ein Eisklumpen werden; nun tat es nicht mehr weh, aber das Splitterchen war da.

"Weshalb weinst du?" fragte er. "So siehst du hässlich aus! Mir fehlt ja nichts!" – "Pfui" rief er auf einmal: "Die Rose dort hat einen Wurmstich! Und sieh, diese da ist ja ganz schief! Im Grunde sind es hässliche Rosen! Sie gleichen dem Kasten, in welchem sie stehen!" Und dann stiess er mit dem Fuss gegen den Kasten und riss die beiden Rosen ab.

"Kay, was machst du?" rief das kleine Mädchen. Und als er ihren Schreck gewahr wurde, riss er noch eine Rose ab und sprang dann in sein Fenster hinein und von der kleinen lieblichen Gerda fort.

Als sie später mit dem Bilderbuch kam, sagte er, dass das für Wickelkinder passe; und erzählte die Grossmutter Geschichten, so kam er immer mit einem "aber" – konnte er dazu gelangen, dann ging er hinter ihr her, setzte eine Brille auf und sprach ebenso wie sie; das machte er ganz treffend, und die Leute lachten über ihn. Bald konnte er Sprache und Gang von allen Menschen in der ganzen Strasse nachahmen. Alles, was an ihnen eigentümlich und unschön war, das wusste Kay nachzumachen; und die Leute sagten: "Das ist sicher ein ausgezeichneter Kopf, den der Knabe hat!" Aber es war das Glas, welches ihm in dem Herzen sass; daher kam es auch, dass er selbst die kleine Gerda neckte, die ihm von ganzem Herzen gut war.

Seine Spiele wurden nun ganz anders als früher; sie waren so verständig. An einem Wintertag, als es schneite, kam er mit einem grossen Brennglas, hielt seinen blauen Rockzipfel hin und liess die Schneeflocken darauf fallen. "Sieh nun in das Glas, Gerda!" sagte er; und jede Schneeflocke wurde viel grösser und sah aus wie eine prächtige Blume oder ein zehneckiger Stern; es war schön anzusehen. "Siehst du, wie künstlich!" sagte Kay. "Das ist weit interessanter als die wirklichen Blumen! Und es ist kein einziger Fehler daran; sie sind ganz akkurat, wenn sie nur nicht schmölzen!"

Bald darauf kam Kay mit grossen Handschuhen und seinem Schlitten auf dem Rücken; er rief Gerda in die Ohren: "Ich habe Erlaubnis erhalten, auf dem grossen

Platz zu fahren, wo die anderen Knaben spielen!," und weg war er. Dort auf dem Platz banden die kecksten Knaben oft ihre Schlitten an die Wagen der Landleute fest, und dann fuhren sie ein gutes Stück Wegs mit. Das ging recht schön. Als sie im besten Spielen waren, kam ein grosser Schlitten; der war ganz weiss angestrichen, und darin sass jemand, in einen rauhen weissen Pelz gehüllt und mit einer rauhen weissen Mütze; der Schlitten fuhr zweimal um den Platz herum, und Kay band seinen kleinen Schlitten schnell daran fest, und nun fuhr er mit. Es ging rascher und rascher, gerade hinein in die nächste Strasse; der, welcher fuhr, drehte sich um, nickte dem Kay freundlich zu; es war, als ob sie einander kannten. Jedesmal, wenn Kay seinen kleinen Schlitten ablösen wollte, nickte der Fahrende wieder, und dann blieb Kay sitzen; sie fuhren zum Stadttor hinaus. Da begann der Schnee so hernieder zu fallen, dass der kleine Knabe keine Hand vor sich erblicken konnte; aber er fuhr weiter. Nun liess er schnell die Schnur fahren, um von dem grossen Schlitten loszukommen, aber das half nichts, sein kleines Fuhrwerk hing fest, und es ging mit Windeseile vorwärts. Da rief er ganz laut, aber niemand hörte ihn, und der Schnee stob, und der Schlitten flog von dannen; mitunter gab es einen Sprung; es war, als führe er über Gräben und Hecken. Der Knabe war ganz erschrocken; er wollte sein Vaterunser beten, aber er konnte sich nur des grossen Einmaleins entsinnen.

Die Schneeflocken wurden grösser und grösser; zuletzt sahen sie aus wie grosse weisse Hühner. Auf einmal sprangen sie zur Seite; der grosse Schlitten hielt, und die Person, die in ihm fuhr, erhob sich; der Pelz und die Mütze waren ganz und gar von Schnee; es war eine

Dame, hoch und schlank, glänzend weiss; es war die Schneekönigin.

"Wir sind gut gefahren!" sagte sie. "Aber wer wird frieren! Krieche in meinen Bärenpelz!" Und sie setzte ihn neben sich in den Schlitten und schlug den Pelz um ihn; es war, als versinke er in einem Schneetreiben.

"Friert dich noch?" fragte sie, und dann küsste sie ihn auf die Stirn. Oh! das war kälter als Eis; das ging ihm gerade hinein bis ins Herz, welches ja doch zur Hälfte ein Eisklumpen war. Es war, als sollte er sterben; aber nur einen Augenblick, dann tat es ihm recht wohl; er spürte nichts mehr von der Kälte ringsumher.

"Meinen Schlitten! Vergiss nicht meinen Schlitten!" Daran dachte er zuerst, und der wurde an eins der weissen Hühnchen festgebunden, und dieses flog hinterher mit dem Schlitten auf dem Rücken. Die Schneekönigin küsste Kay nochmals, und da hatte er die kleine Gerda, die Grossmutter und alle daheim vergessen.

"Nun bekommst du keine Küsse mehr!" sagte sie; "denn sonst küsste ich dich tot!"

Kay sah sie an; sie war so schön; ein klügeres, lieblicheres Antlitz konnte er sich nicht denken. Nun erschien sie ihm nicht von Eis wie damals, als sie draussen vor dem Fenster sass und ihm winkte; in seinen Augen war sie vollkommen; er fühlte gar keine Furcht. Er erzählte ihr, dass er kopfrechnen könne, und zwar mit Brüchen; er wisse des Landes Quadratmeilen und die Einwohnerzahl; sie lächelte immer. Da kam es ihm vor, als sei es doch nicht genug, was er wisse; und er blickte hinauf in den grossen Luftraum; und sie flog mit ihm, flog hoch hinauf auf die schwarze Wolke, und der Sturm sauste und brauste; es war, als sänge er alte Lieder. Sie flogen über Wälder und Seen, über Meere und Länder; unter ihnen sauste der kalte Wind, die Wölfe heulten, der Schnee knisterte; über demselben flogen die schwarzen, schreienden Krähen dahin; aber hoch oben schien der Mond so gross und klar, und dort betrachtete Kay die lange, lange Winternacht. Am Tage schlief er zu den Füssen der Schneekönigin.

Dritte Geschichte:

Der Blumengarten bei der Frau, welche zaubern konnte

Aber wie erging es der kleinen Gerda, als Kay nicht zurückkehrte? Wo war er nur geblieben? Niemand wusste es, niemand konnte Bescheid geben. Die Knaben erzählten nur, dass sie ihn seinen Schlitten an einen mächtig grossen hätten binden sehen, der in die Strasse hinein und zu dem Stadttor hinausgefahren sei. Niemand wusste, wo er war, und viele Tränen flossen. Die kleine Gerda weinte so viel und so lange, denn sagte sie, er sei tot, er sei im Fluss ertrunken, der nahe bei der Schule vorbeifloss; oh, das waren recht lange, finstere Wintertage!

Nun kam der Frühling mit wärmerem Sonnenschein.

"Kay ist tot und fort!" sagte die kleine Gerda.

"Das glaube ich nicht!" antwortete der Sonnenschein.

"Er ist tot und fort!" sagte sie zu den Schwalben.

"Das glauben wir nicht!" erwiderten diese, und am Ende glaubte die kleine Gerda es auch nicht.

"Ich will meine neuen roten Schuhe anziehen," sagte sie eines Morgens, "die, welche Kay nie gesehen hat, und dann will ich zum Fluss hinuntergehen und den nach ihm fragen!"

Und es war noch ganz früh; sie küsste die alte Grossmutter, die noch schlief, zog die roten Schuhe an und ging ganz alleine aus dem Stadttor zu dem Fluss. "Ist es war, das du mir meinen kleinen Spielkameraden genommen hast? Ich will dir meine roten Schuhe schenken, wenn du ihn mir wiedergeben willst!"

Und es war ihr, als nickten die Wellen so sonderbar. Da nahm sie ihre roten Schuhe, die sie am liebsten hatte, und warf sie alle beide in den Fluss hinein; aber sie fielen dicht an das Ufer, und die kleinen Wellen trugen sie ihr wieder an das Land. Es war gerade, als wollte der Fluss nicht das liebste, was sie besass, weil er den kleinen Kay ja nicht hatte. Aber sie glaubte nun, dass sie die Schuhe nicht weit genug hinausgeworfen habe; und so kroch sie in ein Boot, welches im Schilf lag. Sie ging ganz an das äusserste Ende desselben und warf die Schuhe von da in das Wasser; aber das Boot war nicht festgebunden, und bei der Bewegung, welche sie verursachte, glitt es vom Land ab. Sie bemerkte es und beeilte sich, herauszukommen; doch ehe sie zurückkam, war das Boot über eine Elle vom Lande, und nun trieb es schneller von dannen. Da erschrak die kleine Gerda sehr und fing an zu weinen; allein niemand ausser den Sperlingen hörte sie, und die konnten sie nicht an das Land tragen. Aber sie flogen längs dem Ufer und sangen, gleichsam um sie zu trösten: "Hier sind wir, hier sind wir!" Das Boot trieb mit dem Strom; die kleine Gerda sass ganz still, nur mit Strümpfen an den Füssen; ihre kleinen roten Schuhe trieben hinter ihr her; aber sie konnten das Boot nicht erreichen, das hatte stärkere Fahrt. Hübsch war es an beiden Ufern; schöne Blumen, alte Bäume und Hänge mit Schafen und Kühen; aber nicht ein Mensch war zu erblicken. "Vielleicht trägt mich der Fluss zu dem kleinen Kay," dachte Gerda, und da wurde sie heiterer, erhob sich und betrachtete viele Stunden die grünen, schönen Ufer. Dann gelangte sie zu einem grossen Kirschgarten, in welchem ein kleines Haus mit sonderbaren roten und blauen Fenstern war; übrigens hatte es ein Strohdach, und im Garten standen zwei hölzerne Soldaten, die vor der Vorbeisegelnden das Gewehr schulterten.

Gerda rief nach ihnen; sie glaubte, dass sie lebendig seien; aber sie antworteten natürlich nicht. Sie kam ihnen ganz nahe, denn der Fluss trieb das Boot gerade auf das Land zu.

Gerda rief noch lauter, und da kam eine alte, alte Frau aus dem Hause, die sich auf einen Krückstock stützte; sie hatte einen grossen Sonnenhut auf, und der war mit den schönsten Blumen bemalt.

"Du armes, kleines Kind!" sagte die alte Frau; "wie bist du doch auf den grossen, reissenden Strom gekommen und weit in die Welt hinausgetrieben!" Und dann ging die alte Frau ganz in das Wasser hinein, erfasste mit ihrem Krückstock das Boot, zog es an das Land und hob die kleine Gerda heraus.

Und Gerda war froh, wieder auf das Trockene zu gelangen, obgleich sie sich vor der fremden alten Frau ein wenig fürchtete.

"Komm doch und erzähle mir, wer du bist und wie du hierher kommst!" sagte sie.

Und Gerda erzählte ihr alles; und die Alte schüttelte den Kopf und sagte: "Hm! Hm!" und als ihr Gerda alles gesagt und gefragt hatte ob sie nicht den kleinen Kay gesehen habe, sagte die Frau, dass er nicht vorbeigekommen sei, aber er werde wohl noch kommen. Sie solle nur nicht betrübt sein, sondern ihre Kirschen kosten und ihre Blumen betrachten; die seien schöner als irgendein Bilderbuch; eine jede könne eine Geschichte erzählen, und die alte Frau schloss die Tür zu.

Die Fenster lagen sehr hoch, und die Scheiben waren rot, blau und gelb; das Tageslicht schien mit allen Farben gar sonderbar herein, aber auf dem Tisch standen die schönsten Kirschen, und Gerda ass davon, soviel sie wollte, denn das war ihr erlaubt. Während sie ass, kämmte die alte Frau ihr Haar mit einem goldenen Kamm, und das Haar ringelte sich und glänzte herrlich golden rings um das kleine freundliche Antlitz, welches so rund war und wie eine Rose aussah.

Nach einem so lieben, kleinen Mädchen habe ich mich schon lange gesehnt," sagte die Alte. "Nun wirst du sehen, wie gut wir miteinander leben werden!" Und so wie sie der kleinen Gerda Haar kämmte, vergass Gerda mehr und mehr ihren Spielgefährten Kay; denn die alte Frau konnte zaubern; aber eine böse Zauberin war sie nicht. Sie zauberte nur ein wenig zu ihrem Vergnügen und wollte gern die kleine Gerda behalten. Deshalb ging sie in den Garten, steckte ihren Krückstock gegen alle Rosensträucher aus, und wie schön sie auch blühten, so sanken sie doch alle in die schwarze Erde hinunter, und man konnte nicht sehen, wo sie gestanden hatten. Die Alte fürchtete, wenn Gerda die Rosen erblickte, möchte sie an ihre eigenen denken, sich dann des kleinen Kay erinnern und davonlaufen.

Nun führte sie Gerda hinaus in den Blumengarten. Was war da für ein Duft und eine Herrlichkeit! Alle nur denkbaren Blumen, und zwar für jede Jahreszeit, standen hier im prächtigsten Flor; kein Bilderbuch konnte bunter und schöner sein. Gerda sprang vor Freude hochauf und spielte, bis die Sonne hinter den hohen Kirschbäumen unterging, da bekam sie ein schönes Bett mit roten Seidenkissen, die waren mit bunten Veilchen gestopft; und sie schlief und träumte so herrlich wie nur eine Königin an ihrem Hochzeitstag.

Am nächsten Tag konnte sie wieder mit den Blumen im warmen Sonnenschein spielen, und so verflossen viele Tage. Gerda kannte jede Blume; aber wieviel derer auch waren, stets war es ihr doch, als ob eine fehle, allein welche, das wusste sie nicht. Da sitzt sie eines Tages und betrachtet der alten Frau Sonnenhut mit den gemalten Blumen, und gerade die schönste darunter war eine Rose. Die Alte hatte vergessen, diese vom Hut wegzunehmen, als sie die andern in die Erde senkte. Aber so ist es, wenn man die Gedanken nicht immer beisammen hat! "Was, sind hier keine Rosen?" sagte Gerda und sprang zwischen die Beete, suchte und suchte; ach, da war keine zu finden. Nun setzt sie sich hin und weinte, aber ihre Tränen fielen gerade auf eine Stelle, wo ein Rosenstrauch verschwunden war, und als die warmen Tränen die Erde bewässerten, schoss der Strauch auf einmal empor, so blühend, wie er versunken war und Gerde umarmte ihn, küsste die Rosen und gedachte der herrlichen Rosen daheim und mit ihnen auch des kleinen Kay.

"Oh, wie bin ich aufgehalten worden!" sagte das kleine Mädchen. "Ich wollte ja den kleinen Kay suchen! Wisst ihr nicht, wo er ist?" fragte sie die Rosen. "Glaubt ihr, dass er tot ist?"

"Tot ist er nicht," antworteten die Rosen. "Wir sind ja in der Erde gewesen; dort sind alle Toten, aber Kay war nicht da."

"Ich danke euch," sagte die kleine Gerda und ging zu den anderen Blumen hin, sah in deren Kelche hinein und fragte: "Wisst ihr nicht, wo der kleine Kay ist?"

Aber jede Blume stand in der Sonne und träumte ihr eigenes Märchen oder Geschichtchen; davon hörte Gerda so viele, viele; aber keine wusste etwas von Kay.

Und was sagte die Feuerlilie? "Hörst du die Trommel: bum! bum! Es sind nur zwei Töne; immer: bum! bum! Höre der Frauen Trauergesang, höre den Ruf der Priester. In ihrem langen roten Mantel steht das Hindu-Weib auf dem Scheiterhaufen; die Flammen lodern um sie und ihren toten Mann empor; aber das Hindu-Weib denkt an den Lebenden hier im Kreise, an ihn, dessen Auge heisser denn die Flammen brennen, an ihn, dessen Augenfeuer ihr Herz stärker berührt als die Flammen, welche bald ihren Körper zu Asche verbrennen. Kann die Flamme des Scheiterhaufens ersterben?" - "Das verstehe ich durchaus nicht," sagte die kleine Gerda. "Das ist mein Märchen!" sagte die Feuerlilie.

Was sagte die Winde? "Über den schmalen Feldweg hinaus hängt eine alte Ritterburg; das dichte Immergrün wächst um die alten roten Mauern empor, Blatt an Blatt um den Altan herum, und da steht ein schönes Mädchen, es beugt sich über das Geländer hinaus und sieht den Weg hinunter. Keine Rose hängt frischer an den Zweigen als dasselbe, keine Apfelblüte, wenn der Wind sie dem Baume entführt schwebt leichter dahin als dieses; wie rauscht das prächtige Seidengewand. 'Kommt er noch nicht?' " - "Ist es Kay, den du meinst?" fragte die kleine Gerda. "Ich spreche nur von meinem Märchen, meinem Traum," erwiderte die Winde.

Was sagte die kleine Schneeblume? "Zwischen den Bäumen hängt an Seilen das lange Brett; das ist eine Schaukel. Zwei niedliche kleine Mädchen – die Kleider sind weiss wie der Schnee, lange grüne Seidenbänder flattern von den Hüten – sitzen darauf und schaukeln sich; der Bruder, welcher grösser ist als sie, steht in der Schaukel. Er hat den Arm um das Seil geschlungen, um sich zu halten, denn in der einen Hand hat er eine kleine Schale, in der andern eine Tonpfeife; er bläst Seifenblasen. Die Schaukel geht, und die Blasen steigen mit schönen, wechselnden Farben empor; die letzte hängt noch am Pfeifenstiel und biegt sich im Winde. Die Schaukel geht; der kleine schwarze Hund, leicht wie die Blasen, erhebt sich auf den Hinterfüssen und will mit in die Schaukel; sie fliegt; der Hund fällt, bellt und ist böse; er wird geneckt, die Blasen bersten. Ein schaukelndes Brett, ein zerspringendes Schaumbild ist mein Gesang!" - "Es ist möglich, dass es hübsch ist, was du da erzählst; aber du sagst es so traurig und erwähnst den kleinen Kay gar nicht."

Was sagten die Hyazinthen? "Es waren drei schöne Schwestern, gar durchsichtig und fein; der einen Kleid war rot, das der anderen blau, der dritten ihres ganz weiss; Hand in Hand tanzten sie beim stillen See im hellen Mondenschein. Es waren keine Elfen, es waren Menschenkinder. Dort duftete es herrlich, und die

Mädchen verschwanden im Wald. Der Duft wurde stärker; drei Särge, darin lagen die schönen Mädchen, glitten von des Waldes Dickicht über den See dahin; die Johanniswürmchen flogen leuchtend ringsumher wie kleine schwebende Lichter. Schlafen die tanzenden Mädchen, oder sind sie tot? Der Blumenduft sagt, sie sind Leichen; die Abendglocke läutet den Grabgesang!" - "Du machst mich ganz betrübt," sagte die kleine Gerda. "Du duftest so stark; ich muss an die toten Mädchen denken! Ach, ist denn der kleine Kay wirklich tot? Die Rosen sind unten in der Erde gewesen, und die sagen nein!" - "Kling, klang!" läuten die Hyazinthen-Glocken. "Wir läuten nicht für den kleinen Kay, wir kennen ihn nicht; wir singen nur unser Lied, das einzige, welches wir kennen." Und Gerda ging zur Butterblume, die aus den glänzenden, grünen Blättern hervorschien. "Du bist eine kleine helle Sonne!" sagte Gerda. "Sage mir, ob du weisst, wo ich meinen Gespielen finden kann?" Und die Butterblume glänzte so schön und sah wieder auf Gerda. Welches Lied konnte wohl die Butterblume singen? Es handelte auch nicht vom Kay. "In einem kleinen Hof schien die liebe Gottessonne am ersten Frühlingstage sehr warm; die Strahlen glitten an des Nachbarhauses weissen Wänden herab. Dicht dabei wuchs die erste gelbe Blume und glänzte golden in den warmen Sonnenstrahlen. Die alte Grossmutter sass draussen in ihrem Stuhl. Die Enkelin, ein armes, schönes Dienstmädchen kehrte von einem kurzen Besuch heim. Sie küsste die Grossmuter; es war Gold, Herzensgold in dem gesegneten Kuss. Gold im Munde, Gold im Grunde, Gold in der Morgenstunde! Sieh, das ist meine kleine Geschichte!" sagte die Butterblume.

"Meine arme, alte Grossmutter!" seufzte Gerda. "Ja, sie sehnt sich gewiss nach mir und grämt sich um mich, ebenso wie sie es um den kleinen Kay tat. Aber ich komme bald wieder nach Hause, und dann bringe ich Kay mit. Es nützt nichts, dass ich die Blumen frage, die wissen nur ihr eigenes Lied; sie geben mir keinen Bescheid!" Und dann band sie ihr kleines Kleid auf, damit sie rascher laufen könne; aber die Pfingstlilie schlug ihr über das Bein, als sie darüber hinsprang. Da blieb sie stehen, betrachtete die lange gelbe Blume und fragte: "Weisst du vielleicht etwas'?" Und sie bog sich ganz zur Pfingstlilie hinab; und was sagte die?

"Ich kann mich selbst erblicken! Ich kann mich selbst sehen!" sagte die Pfingstlilie. "Oh, oh, wie ich rieche! Oben in dem kleinen Erkerzimmer steht, halb angekleidet, eine kleine Tänzerin; sie steht bald auf einem Bein, bald auf beiden. Sie tritt die ganze Welt mit Füssen; sie ist nichts als Augentäuschung. Sie giesst Wasser aus dem Teetopf auf ein Stück Zeug aus, welches sie hält; es ist der Schnürleib; Reinlichkeit ist eine schöne Sache! Das weisse Kleid hängt am Haken; das ist auch im Teetopf gewaschen und auf dem Dach getrocknet; sie zieht es an und schlägt das safrangelbe Tuch um den Hals; nun scheint das Kleid noch weisser. Das Bein ausgestreckt! Sieh, wie sie auf einem Stiele prangt! Ich kann mich selbst erblicken! Ich kann mich selbst sehen!" - "Darum kümmere ich mich gar nicht!" sagte Gerda. "Das brauchst du mir nicht zu erzählen"; und dann lief sie nach dem Ende des Gartens.

Die Tür war verschlossen, aber sie drückte auf die verrostete Klinke, so dass diese abging; die Tür sprang auf, und die kleine Gerda lief barfüssig in die weite Welt hinaus. Sie blickte dreimal zurück, aber niemand war da, der sie verfolgte, zuletzt konnte sie nicht mehr laufen und setzte sich auf einen grossen Stein; und als sie sich umsah, war es mit dem Sommer vorbei. Es war Spätherbst; das konnte man in dem schönen Garten gar nicht bemerken, wo immer Sonnenschein und Blumen aller Jahreszeiten waren.

"Gott, wie habe ich mich verspätet!" sagte die kleine Gerda. "Es ist ja Herbst geworden! Da darf ich nicht ruhen!" Und sie erhob sich, um zu gehen.

Oh, wie waren ihre kleinen Füsse wund und müde! Ringsumher sah es kalt und rauh aus; die langen Weidenblätter waren ganz gelb, und der Trau tröpfelte als Wasser herab. Ein Blatt fiel nach dem andern ab; nur der Schlehdorn trug noch Früchte, die waren aber herbe und zogen ihr den Mund zusammen. Oh, wie war es grau und schwer in der weiten Welt!

Vierte Geschichte

Prinz und Prinzessin

Gerda musste wieder ausruhen; da hüpfte dort auf dem Schnee, der Stelle, wo sie sass, gerade gegenüber, eine grosse Krähe; die hatte lange ruhig gesessen, sie betrachtet und mit dem Kopf gewackelt. Nun sagte sie: "Kra! Kra – Gu' Tag! Gu' Tag." Besser konnte sie es nicht herausbringen, aber sie meinte es gut mit dem kleinen Mädchen und frage, wohin sie so allein in die weite Welt hinausginge. Das Wort allein verstand Gerda sehr wohl und fühlte recht, wieviel darin liegt; und sie erzählte der

Krähe ihr ganzes Leben und Schicksal und fragte, ob sie Kay nicht gesehen habe.

Und die Krähe nickte ganz bedächtig und sagte: "Das könnte sein! Das könnte sein!" - "Wie? Glaubst du?" rief das kleine Mädchen und hätte fast die Krähe tot gedrückt: so küsste sie diese. "Vernünftig, vernünftig!" sagte die Krähe. "Ich glaube, ich weiss; ich glaube, es kann sein; der kleine Kay – aber nun hat er dich sicher über der Prinzessin vergessen!" - "Wohnt er bei einer Prinzessin?" frage Gerda. "Ja, höre!" sagte die Krähe. "Aber es fällt mir so schwer, deine Sprache zu reden. Verstehst du die Krähensprache, dann will ich besser erzählen." - "Nein, die habe ich nicht gelernt," sagte Gerda; "aber die Grossmutter verstand sie, und auch sprechen konnte sie diese Sprache. Hätte ich sie nur gelernt!" - "Tut gar nichts!" sagte die Krähe. "Ich werde erzählen, so gut ich kann; aber schlecht wird es gehen"; und dann erzählte sie, was sie wusste.

"In diesem Königreich, in welchem wir jetzt sitzen, wohnt eine Prinzessin, die ist ganz unbändig klug; aber sie hat auch alle Zeitungen, die es in der Welt gibt, gelesen und wieder vergessen, so klug ist sie. Neulich sass sie auf dem Thron, und das ist doch nicht so angenehm, sagt man; da fängt sie an, ein Lied zu singen, und das war gerade dieses: 'Weshalb sollt' ich wohl heiraten!' 'Höre, da ist etwas daran', sagte sie, und so wollte sie sich verheiraten; aber sie wollte einen Mann haben, der zu antworten verstehe, wenn man mit ihm spräche; einen, der nicht bloss dastände und vornehm aussähe, denn das sei zu langweilig. Nun liess sie alle Hofdamen zusammentrommeln, und als diese hörten, was sie wollte, wurden sie sehr vergnügt. 'Das mag ich leiden!' sagten sie; 'daran dachte ich neulich auch!' – Du kannst glauben, dass jedes Wort, was ich sage, wahr ist!" sagte die Krähe. "Ich habe eine zahme Geliebte, die geht frei im Schlosse umher, und die hat mir alles erzählt!" Die Geliebte war natürlicherweise auch eine Krähe. Denn eine Krähe sucht die andere, und es bleibt immer eine Krähe.

"Die Zeitungen kamen sogleich mit einem Rand von Herzen und der Prinzessin Namenszug heraus; man konnte darin lesen, dass es einem jeden jungen Manne, der gut aussehe, freistehe, auf das Schloss zu kommen und mit der Prinzessin zu sprechen, und derjenige, welcher am besten und so spräche, dass man hören könne, er sei in dem, was er spräche, zu Hause, den wolle die Prinzessin zum Manne nehmen." – "Ja, Ja," sprach die Krähe, "du kannst es mir glauben, es ist so gewiss wahr, wie ich hier sitze. Junge Männer strömten herzu; es war ein Gedränge und ein Gelaufe; aber es glückte keinem, weder am ersten nach am zweiten Tag. Sie konnten alle gut sprechen, wenn sie draussen auf der Strasse waren, aber wenn sie in das Schlosstor traten und dort die Gardisten in Silber sahen und auf den Treppen die Lakaien in Gold und die grossen erleuchteten Säle, dann wurden sie verwirrt. Und standen sie gar vor dem Throne, wo die Prinzessin sass, dann wussten sie nichts zu sagen als das letzte Wort, das die gesprochen hatte; und das noch einmal zu hören, dazu hatte sie keine Lust. Es war gerade, als ob sie drinnen Schnupftabak auf den Magen bekommen hätten und in den Schlaf gefallen wären, bis sie wieder auf die Strasse kamen, denn dann konnten sie sprechen. Da stand eine Reihe vom Stadttor bis zum Schlosse hin. Ich war selbst drinnen, um es zu sehen!" sage die Krähe. "Sie wurden hungrig und durstig, aber auf dem Schloss erhielten sie nicht einmal ein Glas laues Wasser. Zwar hatten einige der Klügsten, Butterbrot mitgebracht, aber sie teilten nicht mir ihrem Nachbarn; sie dachten so: lass ihn nur hungrig aussehen, dann nimmt ihn die Prinzessin nicht!"

"Aber Kay, der kleine Kay!" fragte Gerda. "Wann kam der? War er unter der Menge?" - "Warte! warte! jetzt sind wir gerade bei ihm! Es war am dritten Tag, da kam eine kleine Person, ohne Pferd oder Wagen, ganz fröhlich gerade auf das Schloss zumarschiert; seine Augen glänzten wie deine; er hatte schöne lange Haare, aber sonst ärmliche Kleider." - "Das war Kay!" jubelte Gerda. "Oh, dann habe ich ihn gefunden!" und sie klatschte in die Hände.

"Er hatte ein kleines Ränzel auf dem Rücken!" sagte die Krähe. "Nein, das war sicher sein Schlitten!" sagte Gerda; "denn mit dem Schlitten ging er fort!" - "Das kann wohl sein," sagte die Krähe, "ich sah nicht so genau danach! Aber das weiss ich von meiner zahmen Geliebten; als er in das Schlosstor kam und die Leibgardisten in Silber sah und auf den Treppen die Lakaien in Gold, dass er nicht im mindesten verlegen wurde; er nickte und sagte zu ihnen: 'es muss langweilig sein, auf der Treppe zu stehen; ich gehe lieber hinein!'. Da glänzten die Säle von Lichtern; Geheimräte und Exzellenzen gingen mit blossen Füssen und trugen Goldgefässe; man konnte wohl andächtig werden! Seine Stiefel knarrten gar gewaltig laut, aber ihm wurde doch nicht bange."

"Das ist ganz gewiss Kay!" sagte Gerda. "Ich weiss, er hatte neue Stiefel an, ich habe sie in der Grossmutter Stube knarren hören!"

"Ja, freilich knarrten sie!" sagte die Krähe. "Und frischen Muts ging er gerade zur Prinzessin hinein, die auf einer grossen Perle sass, welche so gross wie ein Spinnrad war; und alle Hofdamen mit ihren Jungfern und den Jungfern der Jungfern und alle Kavaliere mit ihren Dienern und den Dienern der Diener, die wieder einen Burschen hielten, standen ringsherum aufgestellt; und je näher sie der Türe standen, desto stolzer sahen sie aus. Des Dieners Diener Burschen, der immer in Pantoffeln geht, darf man kaum anzusehen wagen; so stolz steht er an der Tür!"

"Das muss greulich sein!" sagte die kleine Gerda. "Und Kay hat doch die Prinzessin erhalten?"

"Wäre ich nicht eine Krähe gewesen, so hätte ich sie genommen, und das ungeachtet ich verlobt bin. Er soll ebenso gut gesprochen haben, wie ich spreche, wenn ich die Krähensprache rede; das habe ich von meiner zahmen Geliebten gehört. Er war fröhlich und niedlich, Er war nicht gekommen zum Freien, sondern nur, um der Prinzessin Klugheit zu hören; und die fand er gut, und sie fand ihn wieder gut."

"Ja, sicher! das war Kay!" sagte Gerda. "Er war so klug; er konnte die Kopfrechnung mit Brüchen! Oh, willst du mich nicht auf dem Schloss einführen?"

"Ja, das ist leicht gesagt!" antwortete die Krähe. "Aber wie machen wir das? Ich werde es mit meiner zahmen Geliebten besprechen; sie kann uns wohl Rat erteilen; denn das muss ich dir sagen: so ein kleines Mädchen, wie du bist, bekommt nie die Erlaubnis, ganz hinein zu kommen!"

"Ja, die erhalten ich!" sagte Gerda. "Wenn Kay hört, dass ich da bin, kommt er gleich heraus und holt mich!" - "Erwarte mich dort am Gitter!" sagte die Krähe, wackelte mit dem Kopfe und flog davon.

Erst als es spät am Abend war, kehrte die Krähe wieder zurück. "Rar! Rar!" sagte sie. "Ich soll dich vielmal von ihr grüssen, und hier ist ein kleines Brot für dich, dass nahm sie aus der Küche; dort ist Brot genug, und du bist sicher hungrig. Es ist nicht möglich, dass du in das Schloss hineinkommen kannst: du bist ja barfuss. Die Gardisten in Silber und Lakaien in Gold würden es nicht erlauben. Aber weine nicht! Du sollst schon hinaufkommen. Meine Geliebte kennt eine kleine Hintertreppe, die zum Schlafgemach führt, und sie weiss, wo sie den Schlüssel erhalten kann."

Und die gingen in den Garten hinein, in die grosse Allee, wo ein Blatt nach dem anderen abfiel; und als auf dem Schloss die Lichter ausgelöscht wurden, das eine nach dem andern, führte die Krähe die kleine Gerda zu einer Hintertür, die nur angelehnt war.

Oh, wie Gerdas Herz vor Angst und Sehnsucht pochte! Es war gerade, als ob sie etwas Böses tun wollte; und sie wollte ja doch nur wissen, ob es der kleine Kay sei. Ja, er musste es sein; sie gedachte so lebendig seiner klugen Augen, seines langen Haares; sie konnte ordentlich sehen, wie er lächelte, wie damals, als sie daheim unter den Rosen sassen. Er würde sicher froh werden, sie zu erblicken; zu hören, welchen langen Weg sie um seinetwillen zurückgelegt; zu wissen, wie betrübt sie alle daheim gewesen, als er nicht wiedergekommen. Oh, das war eine Furcht und eine Freude!

Nun waren sie auf der Treppe; da brannte eine kleine Lampe auf einem Schrank; mitten auf dem Fussboden stand die zahme Krähe; "Ihre Vita, wie man es nennt, ist auch sehr rührend. Wollen Sie die Lampe nehmen, dann werde ich vorausgehen. Wir gehen hier den geraden Weg, denn da begegnen wir niemandem."

"Es ist mir, als ginge jemand hinter uns," sagte Gerda: und es sauste an ihr vorbei. Es war wie Schatten an der Wand: Pferde mit fliegenden Mähnen und dünnen Beinen, Jägerburschen, Herren und Damen zu Pferde.

"Das sind nur Träume," sagte die Krähe; "die kommen und holen der hohen Herrschaft Gedanken zur Jagd. Das ist recht gut, dann können Sie sie besser im Bette betrachten. Aber ich hoffe, wenn Sie zu Ehren und Würden gelangen, werden Sie ein dankbares Herz zeigen."

"Das versteht sich von selbst!" sagte die Krähe vom Walde. "Nun kamen sie in den ersten Saal; der war von rosenrotem Atlas mit künstlichen Blumen an den Wänden hinauf; hier sausten an ihnen schon die Träume vorbei; aber sie fuhren so schnell, dass Gerda die hohen Herrschaften nicht zu sehen bekam. Ein Saal war immer prächtiger als der andere; ja man konnte verdutzt werden." Nun waren sie im Schlafgemach. Hier glich die Decke einer grossen Palme mit Blättern von Glas, von kostbarem Glase; und mitten auf dem Fussboden hingen an einem dicken Stengel von Gold zwei Betten, von denen jedes wie eine Lilie aussah; die eine war weiss, in der lag die Prinzessin; die andere war rot, und in dieser sollte Gerda den kleinen Kay suchen. Sie bog eines der roten Blätter zur Seite, und da sah sie einen braunen Nacken.

Oh, das war Kay! Sie rief ganz lauf seinen Namen, hielt die Lampe nach ihm hin – die Träume sausten zu Pferde wieder in die Stube herein – er erwachte, drehte den Kopf und und – es war nicht der kleine Kay.

Der Prinz glich ihm nur im Nacken; aber jung und Hübsch war er. Und aus dem weissen Lilienblatt blinzelte die Prinzessin hervor und frage, wer da sei. Da weinte die kleine Gerda und erzählte ihre ganze Geschichte und alles, was die Krähen für sie getan hätten.

"Du armes Kind!" sprach der Prinz und die Prinzessin; und sie belobten die Krähen und sagten, dass sie gar nicht böse auf sie seien; aber sie sollten es doch nicht öfters tun. Übrigens sollten sie eine Belohnung erhalten.

"Wollt ihr frei fliegen?" fragte die Prinzessin. "Oder wollt ihr feste Anstellung als Hofkrähen haben, mit allem, was in der Küche abfällt?" Und beide Krähen verneigten sich und baten um feste Anstellung, denn sie gedachten des Alters und sagten: "Es wäre gar schön, etwas für die alten Tage zu haben," wie sie es nannten.

Und der Prinz stand aus seinem Bette auf und liess Gerda darin schlafen, doch mehr konnte er nicht tun. Sie faltete ihre kleinen Hände und dachte: "Wie gut sind die Menschen und die Tiere!" Und dann schloss sie ihre Augen und schlief so sanft. Alle Träume kamen wieder hereingeflogen, und da sahen sie wie Gottes Engel aus, und sie zogen einen kleinen Schlitten, auf welchem Kay sass und nickte; aber das Ganze war nur Traum, und deshalb war es auch wieder fort, sobald sie erwachte.

Am folgenden Tag wurde sie von Kopf bis Fuss in Seide und Samt gekleidet; es wurde ihr angeboten, auf dem Schloss zu bleiben und gute Tage zu geniessen; aber sie bat nur um einen kleinen Wagen mit einem Pferd davor und um ein Paar kleine Stiefel; dann wolle sie wieder in die weite Welt hinausfahren und Kay suchen.

Und sie erhielt sowohl Stiefel als auch einen Muff; sie wurde niedlich gekleidet, und als sie fort wollte, hielt vor der Tür eine neue Kutsche aus reinem Gold; des Prinzen und der Prinzessin Wappen glänzte an derselben wie ein Stern; Kutscher, Diener und Vorreiter, denn es waren auch Vorreiter da, sassen mit Goldkronen auf dem Kopf zu Pferde. Der Prinz und die Prinzessin selbst halfen ihr in den Wagen und wünschten ihr alles Glück. Die Waldkrähe, welche nun verheiratet war, begleitete sie die ersten drei Meilen; sie sass ihr zur Seite, denn sie konnte nicht vertragen, rückwärts zu fahren. Die andere Krähe stand in der Tür und schlug mit den Flügeln; sie kam nicht mit, denn sie litt an Kopfschmerzen, seitdem sie eine feste Anstellung und zuviel zu essen erhalten hatte. Inwendig war die Kutsche mit Zuckerbrezeln gefüttert, und im Sitz waren Früchte und Pfeffernüsse.

"Lebe wohl! Lebe wohl!" riefen der Prinz und die Prinzessin; und die kleine Gerda weinte, und die Krähe weinte. So ging es die ersten Meilen; da sagte auch die Krähe Lebewohl, und das war der schwerste Abschied; sie flog auf einen Baum und schlug mit ihren schwarzen Flügeln, so lange sie den Wagen, welcher wie der helle Sonnenschein glänzte, erblicken konnte.

Fünfte Geschichte

Das kleine Räubermädchen

Sie fuhren durch den dunklen Wald, aber die Kutsche leuchtete wie eine Fackel; das stach den Räubern in die Augen, das konnten sie nicht ertragen. "Das ist Gold, das ist Gold!" riefen sie, stürzten hervor, hielten die Pferde an, schlugen die kleinen Vorreiter, den Kutscher und die Diener tot und zogen dann die kleine Gerda aus dem Wagen.

"Sie ist fett, sie ist niedlich, sie ist mit Musskernen gefüttert!" sagte das alte Räuberweib, das einen langen struppigen Bart und Augenbrauen hatte, die ihm über die Augen herabhingen.

"Die ist so gut wie ein kleines fettes Lamm; wie wird die schmecken!" Und dann zog es sein blankes Messer heraus, und das glänzte, dass es grässlich war.

"Au!" sagte das Weib zu gleicher Zeit; es wurde von der eigenen Tochter, die auf dessen Rücken hing, so wild und unartig in das Ohr gebissen, dass es eine Lust war. "Du hässlicher Balg!" sagte die Mutter und hatte nicht Zeit, Gerda zu schlachten.

"Sie soll mit mir spielen!" sagte das kleine Räubermädchen. "Sie soll mir ihren Muff, ihr hübsches Kleid geben, bei mir in meinem Bette schlafen!" Und dann bis sie wieder, dass das Räuberweib in die Höhe sprang und sich ringsherum drehte. Und alle Räuber lachten und sagten: "Seht, wie es mit seinem Kalbe tanzt!"

"Ich will in den Wagen hinein," sagte das kleine Räubermädchen. Und es musste und wollte seinen Willen haben, denn es war ganz verzogen und sehr hartnäckig! Es sass mit Gerda drinnen, und so fuhren sie über Stock und Stein immer tiefer in den Wald. Das kleine Räubermädchen war so gross wie Gerda, aber stärker, breitschultriger und von dunkler Haut; die Augen waren ganz schwarz; sie sahen fast traurig aus. Sie fasste die kleine Gerda um den Leib und sagte: "Sie sollen dich nicht schlachten, so lange ich dir nicht böse werde. Du bist wohl eine Prinzessin?"

"Nein," sagte Gerda und erzählte ihr alles, was sie erlebt hatte und wie sehr sie den kleinen Kay lieb hätte.

Das Räubermädchen betrachtete sie ganz ernsthaft, nickte ein wenig mit dem Kopf und sagte: "Sie sollen dich nicht schlachten, selbst wenn ich dir böse werde; dann werde ich es schon selber tun!" Und dann trocknete sie Gerdas Augen und steckte ihre beiden Hände in den schönen Muff, der gar weich und warm war.

Nun hielt die Kutsche still; sie waren mitten auf dem Hof eines Räuberschlosses. Dasselbe war von oben bis unten geborsten; Raben und Krähen flogen aus den offenen Löchern, und die grossen Bullenbeisser, von denen jeder aussah, als könnte er einen Menschen verschlingen, sprangen hoch empor aber sie bellten nicht, denn es war verboten.

In dem grossen, alten, verräucherten Saal brannte mitten auf dem steinernen Fussboden ein helles Feuer; der Rauch zog unter der Decke hin und musste sich selbst den Ausweg suchen; ein grosser Braukessel mit Suppe kochte, und Hasen wie Kaninchen wurden an Spiessen gebraten.

"Du sollst die Nacht mit mir bei allen meinen kleinen Tiefen schlafen," sagte das Räubermädchen. Sie bekamen zu essen und zu trinken und gingen dann in eine Ecke, wo Stroh und Teppiche lagen. Darüber sassen auf Latten und Stäben mehr als hundert Tauben, die alle zu schlafen schienen, sich aber doch ein wenig drehten, als die beiden kleinen Mädchen kamen.

"Die gehören alle mir!" sagte das kleine Räubermädchen und ergriff rasch eine der nächsten, hielt sie bei den Füssen und schüttelte sie, dass sie mit den Flügeln schlug. "Küsse sie!" rief sie und schlug sie Gerda ins Gesicht. "Da sitzen die Waldkanaillen," fuhr es fort und zeigte hinter eine Anzahl Stäbe, die vor einem Loch oben in die Mauer eingeschlagen waren. "Das sind Waldkanaillen, die beiden; die fliegen gleich fort, wenn man sie nicht ordentlich verschlossen hält; und hier steht mein alter liebster Ba!" Und sie zog ein Rentier am Horn vor, welches einen blanken kupfernen Ring um den Hals trug und angebunden war. "Den müssen wir auch in der Klemme halten, sonst springt er von uns fort. An jedem Abend kitzele ich ihn mit meinem scharfen Messer am Halse, davor furchtet er sich sehr!" Und das kleine Mädchen zog ein langes Messer aus einer Spalte in der Mauer und liess es über des Renntiers Hals hingleiten; das arme Tier schlug mit den Beinen aus, das kleine Räubermädchen lachte und zog dann Gerda mit in das Bett hinein.

"Willst du das Messer bei dir behalten, wenn du schläfst?" frage Gerda und blickte es etwas furchtsam an. "Ich schlafe immer mit dem Messer!" sagte das kleine Räuber-mädchen. "Man weiss nie, was vorfallen kann. Aber fahre nun fort mit dem, was du mir vorhin von dem kleinen Kay erzähltest und weshalb du in die weite Welt hinausgegangen bist." Und Gerda erzählte wieder von vorn, und die Waldtauben gurrten oben im Käfig, und die andern Tauben schliefen. Das kleine Räubermädchen legte seinen Arm um Gerdas Hals, hielt das Messer in der andren Hand und schlief, dass man es hören konnte; aber Gerda konnte ihre Augen nicht schliessen, sie wusste nicht, ob sie leben oder sterben würde. Die Räuber sassen rings um das Feuer, sangen und tranken, und das Räuberweib überpurzelte sich. Oh, es war ganz grässlich für das kleine Mädchen mit anzusehen.

Da sagten die Waldtauben: "Kurre! Kurre! wir haben den kleinen Kay gesehen. Ein weisses Huhn trug seinen Schlitten; er sass im Wagen der Schneekönigin, welcher dicht über den Wald hinfuhr, als wir im Nest lagen; sie blies auf uns Junge, und ausser uns beiden starben alle. Kurre! Kurre!" - "Was sagt ihr da oben?" rief Gerda. "Wohin reiste die Schneekönigin? Wisst ihr etwas davon?"

"Sie reiste wahrscheinlich nach Lappland, denn dort ist immer Schnee und Eis! Frage das Rentier, welches am Strick angebunden steht." - "Dort ist Eis und Schnee, dort ist es herrlich und gut!" sagte das Rentier. "Dort springt man frei umher in den grossen glänzenden Tälern! Dort hat die Schneekönigin ihr Sommerzelt; aber ihr festes Schloss ist oben, gegen den Nordpol zu, auf der Insel, die Spitzbergen genannt wird!" - "O Kay, kleiner Kay!" seufzte Gerda. "Du musst still liegen!" sagte das Räubermädchen; "Sonst stosse ich dir das Messer in den Leib!"

Am Morgen erzählte Gerda ihr alles, was die Waldtauben gesagt hatten und das kleine Räubermädchen sah ganz ernsthaft aus, nickte aber mit dem Kopfe und sagte: "Das ist einerlei! Das ist einerlei! – Weisst du, wo Lappland ist?" fragte sie das Rentier. "Wer könnte es wohl besser wissen als ich?" sagte das Tier, und die Augen funkelten ihm im Kopfe. "Dort bin ich geboren und erzogen; dort bin ich auf den Schneefeldern herumgesprungen!"

"Höre!" sagte das Räubermädchen zu Gerda; "du siehst, alle unsere Mannsleute sind fort, nur die Mutter ist noch hier, und die bleibt; aber gegen Mittag trinkt sie aus der grossen Flasche und schlummert nachher ein wenig darauf; dann werde ich etwas für dich tun!" Nun sprang sie aus dem Bett, fuhr der Mutter um den Hals, zupfte sie am Bart und sagte: "Mein einzig lieber Ziegenbock, guten Morgen!" Und die Mutter gab ihr Nasenstüber, dass die Nase rot und blau wurde; und das geschah alles aus lauter Liebe.

Als die Mutter dann aus ihrer Flasche getrunken hatte und darauf einschlief, ging das Räubermädchen zum Rentier hin und sagte: " Ich könnte grosse Freude daran haben, dich noch manches Mal mit dem scharfen Messer zu kitzeln, denn dann bist du so possierlich; aber es ist einerlei. Ich will deine Schnur lösen und dir hinaushelfen, damit du nach Lappland laufen kannst; aber du musst tüchtig Beine machen und dieses kleine Mädchen zum Schlosse der Schneekönigin bringen, wo ihr Spielkamerad ist. Du hast wohl gehört, was sie erzählte, denn sie sprach laut genug, und du horchtest!"

Das Rentier sprang vor Freude hochauf. Das Räubermädchen hob die kleine Gerda hinaus und hatte die Vorsicht, sie fest zu binden, ja sogar, ihr ein kleines Kissen zum Sitzen zu geben: "Da hast du auch deine Pelzstiefel," sagte sie, "denn es wird kalt; aber den Muff behalte ich, der ist gar zu niedlich! Darum sollst du aber doch nicht frieren. Hier hast du meiner Mutter grosse

Fausthandschuhe, die reichen dir gerade bis zum Ellbogen hinauf. Krieche hinein: Nun siehst du an den Händen ebenso aus wie meine hässliche Mutter!"

Und Gerda weinte vor Freude. "Ich kann nicht leiden, dass du weinst!" sagte das kleine Räubermädchen. "Jetzt musst du gerade recht froh aussehen! Und da hast du zwei Brote und einen Schinken; nun wirst du nicht hungern."

Beides wurde hinten auf das Rentier gebunden, das kleine Räubermädchen öffnete die Tür, lockte alle die grossen Hunde herein, durchschnitt dann den Strick mit ihrem scharfen Messer und sagte zum Rentier: "Laufe nun! Aber gib auf das kleine Mädchen recht acht!"

Und Gerda streckte die Hände mit den grossen Fausthandschuhen gegen das Räubermädchen aus und sagte Lebewohl, und dann flog das Rentier über Stock und Stein davon, durch den grossen Wald über Sümpfe und Steppen, so schnell es nur konnte. Die Wölfe heulten, und die Raben schrieen. – Fugt! Fugt! ging es am Himmel. Es war gleichsam, als ob er rot niese.

"Das sind meine alten Nordlichter!" sagte das Rentier; "sieh, wie sie leuchten!" Und dann lief es noch schneller davon, Tag und Nacht. Die Brote wurden verzehrt, der Schinken auch, und dann waren sie in Lappland.

Sechste Geschichte

Die Lappin und die Finnin

Bei einem kleinen Haus hielten sie an; es war sehr jämmerlich. Das Dach ging bis zur Erde herunter, und die Tür war so niedrig, dass die Familie auf dem Bauch kriechen musste, wenn sie heraus oder hinein wollte. Hier war ausser einer alten Lappin, die bei einer Tranlampe Fische kochte, niemand im Hause; und das Rentier erzählte Gerdas ganze Geschichte, aber zuerst seine eigene, denn diese erschien ihm weit wichtiger; und Gerda war so angegriffen von der Kälte, dass sie nicht sprechen konnte.

"Ach, ihr Armen!" sagte die Lappin; "da habt ihr noch weit zu laufen! Ihr müsst über hundert Meilen weit in Finnmarken hinein, denn da wohnt die Schneekönigin auf dem Lande und brennt jeden Abend bengalische Flammen. Ich werde einige Worte auf einen trocknen Stockfisch schreiben, Papier habe ich nicht; den werde ich euch für die Finnin dort oben mitgeben. Sie kann euch besser Bescheid erteilen als ich!"

Und als Gerda nun erwärmt worden war und zu essen und zu trinken bekommen hatte, schrieb die Lappin einige Worte auf einen trockenen Stockfisch, bat Gerda, wohl darauf zu achten, band sie wieder auf dem Rentier fest, und dieses sprang davon. Fugt! Fugt! ging es oben in der Luft; die ganze Nacht brannten die schönsten blauen Nordlichter. Und dann kamen sie nach Finnmarken und klopften an den Schornstein der Finnin, denn sie hatte nicht einmal eine Tür.

Da war eine solche Hitze drinnen, dass die Finnin selbst fast völlig nackt ging. Sie war klein und ganz schmutzig. Sofort zog sie der kleinen Gerda die Fausthandschuhe und Stiefel aus, denn sonst wäre es ihr zu heiss geworden, legte dem Rentier ein Stück Eis auf den Kopf und las dann, was auf dem Stockfisch geschrieben stand. Sie las es dreimal, und dann wusste sie es auswendig und steckte den Fisch in den Suppenkessel, denn er konnte ja gegessen werden, und sie verschwendete nie etwas.

Nun erzählte das Rentier zuerst seine Geschichte, dann die der kleinen Gerda, und die Finnin blinzelte mit den klugen Augen, sagte aber gar nichts.

"Du bist sehr klug," sagte das Rentier; "ich weiss, du kannst alle Winde der Welt in einen Zwirnsfaden zusammen-binden. Wenn der Schiffer den einen Knoten löst, so bekommt er guten Wind, löst er den andern, dann weht es scharf, und löst er den dritten und vierten, dann stürmt es, dass die Wälder umfallen. Willst du nicht dem kleinen Mädchen einen Trank geben, dass sie Zwölf-Männer-Kraft erhält und die Schneekönigin überwindet?"

"Zwölf-Männer-Kraft?" sagte die Finnin. "Ja, das würde viel helfen!" Und dann ging sie zu einem Bett, nahm ein grosses zusammengerolltes Fell hervor und rollte es auf. Da waren wunderbare Buchstaben darauf geschrieben, und die Finnin las, dass ihr das Wasser von der Stirn herunterlief.

Aber das Rentier bat wieder so sehr für die kleine Gerda, und Gerda blickte die Finnin mit so bittenden Augen voller Tränen an, dass diese wieder mit den ihrigen zu blinzeln anfing und das Rentier in einen Winkel zog, wo sie ihm zuflüsterte, während es wieder frisches Eis auf den Kopf bekam:

"Der kleine Kay ist freilich bei der Schneekönigin und findet dort alles nach seinem Geschmack und Gefallen und glaubt, es sei der beste Ort in der Welt. Aber das kommt daher, dass er einen Glassplitter in das Herz und ein kleines Glaskörnchen in das Auge bekommen hat; die müssen zuerst heraus, sonst wird er nie wieder ein Mensch, und die Schneekönigin wird die Gewalt über ihn behalten!"

"Aber kannst du nicht der kleinen Gerda etwas eingeben, so dass sie Gewalt über das Ganze erhält?" - "Ich kann ihr keine grössere Gewalt geben als sie schon hat; siehst du nicht, wie gross die ist? Siehst du nicht, wie Menschen und Tiere ihr dienen müssen, wie sie mit blossen Füssen so gut in der Welt fortgekommen ist? Sie kann nicht von uns ihre Macht erhalten; sie sitzt in ihrem Herzen und besteht darin, dass sie ein liebes unschuldiges Kind ist. Kann sie nicht selbst zur Schneekönigin hineingelangen und das Glas aus dem kleinen Kay entfernen, dann können wir nicht helfen! Zwei Meilen von hier beginnt der Schneekönigin Garten, dahin kannst du das kleine Mädchen tragen. Setze sie beim grossen Busch ab, welcher mit roten Beeren im Schnee steht. Halte keinen Gevatterklatsch, sondern spute dich, hierher zurückzukommen!" Und dann hob die Finnin die kleine Gerda auf das Rentier, das lief, was es konnte.

"Oh, ich habe meine Stiefel nicht! Ich habe meine Fausthandschuhe nicht!" rief die kleine Gerda. Das merkte sie in der schneidenden Kälte; aber das Rentier wagte nicht, anzuhalten. Es lief, bis es zu dem Busch mit den roten Beeren gelangt. Da setzte es Gerda ab und küsste sie auf den Mund, und es liefen grosse, heisse Tränen über die Backen des Tieres; und dann sprang es, was es nur konnte, wieder zurück. Da stand die arme Gerda ohne Schuhe, ohne Handschuhe mitten in den fürchterlichen, eiskalten Finnmarken.

Sie lief vorwärts, so schnell sie nur konnte. Da kam ein ganzes Regiment Schneeflocken; aber die fielen nicht vom Himmel herunter, denn der war ganz hell und glänzte von Nordlichtern. Die Schneeflocken liefen gerade auf der Erde dahin, und je näher sie kamen, desto grösser wurden sie. Gerda erinnerte sich noch, wie gross und künstlich die Schneeflocken damals ausgesehen hatten, als sie dieselben durch ein Brennglas betrachtete. Aber hier waren sie freilich noch weit grösser und fürchterlicher; sie lebten. Sie waren der Schneekönigin Vorposten; sie hatten die sonderbarsten Gestalten. Einige sahen aus wie hässliche grosse Stachelschweine; andere wie Knoten, gebildet von Schlangen, welche die Köpfe hervorstrecken; noch andere wie kleine dicke Bären, auf denen die Haare sich sträuben. Alle waren glänzend weiss, alle waren lebendige Schneeflocken.

Da betete die kleine Gerda ihr Vaterunser. Und die Kälte war so gross, dass sie ihren eigenen Atem sehen konnte; der ging ihr wie Rauch aus dem Munde. Der Atem wurde dichter und dichter und gestaltete sich zu kleinen Engeln, die mehr und mehr wuchsen, wenn sie die Erde berührten; und alle hatten Helme auf dem Kopf und Spiesse und Schilde in den Händen. Ihre Anzahl wurde grösser und grösser, und als Gerda ihr Vaterunser beendet hatte, war eine ganze Legion um sie. Sie stachen mit ihren Spiessen gegen die greulichen Schneeflocken, so dass diese in hundert Stücke zersprangen. Und die kleine Gerda ging ganz sicher und frischen Mutes vorwärts. Die Engel streichelten ihr Hände und Füsse, da empfand sie weniger, wie kalt es war und eilte zu der Schneekönigin Schloss.

Aber nun müssen wir doch erst sehen, was Kay macht. Er dachte freilich nicht an die kleine Gerda, und am wenigsten, dass sie draussen vor dem Schlosse stehe.

Siebente Geschichte:

Vom Schloss der Schneekönigin und was sich später darin zutrug

Die Wände des Schlosses waren gebildet von dem treibenden Schnee und Fenster und Türen von den schneidenden Winden. Es waren über hundert Säle darin, alle wie sie der Schnee zusammenwehte. Der grösste erstreckte sich mehrere Meilen lang. Das starke Nordlicht beleuchtete sie alle, und sie waren so gross, so leer, so eisig kalt und so glänzend! nie gab es hier Lustbarkeiten, nicht einmal einen kleinen Bärenball, wozu der Sturm hätte aufspielen und wobei die Eisbären hätten auf den Hinterfüssen gehen und ihre feinen Manieren zeigen können; nie eine kleine Spielgesellschaft mit Maulklapp und Tatzen-schlag; nie ein klein bisschen Kaffeeklatsch von den Weissfuchs- Fräuleins; leer, gross und kalt war es in der Schneekönigin Sälen. Die Nordlichter flammten so genau, dass man sie zählen konnte, wann sie am höchsten und wann sie am niedrigsten standen. Mitten in diesem leeren unendlichen Schneesaal war ein zugefrorener See, der war in tausend Stücke zersprungen;

aber jedes Stück war dem andern so gleich, dass es ein vollkommenes Kunstwerk war. Und mitten auf dem See sass die Schneekönigin, wenn sie zu Hause war, und dann sagte sie, dass sie im Spiegel des Verstandes sässe und dass dieser der einzige und der beste in der Welt sei.

Der kleine Kay war ganz blau vor Kälte, ja fast schwarz; aber er merkte es nicht, denn sie hatte ihm den Frostschauer abgeküsst, und sein Herz glich einem Eisklumpen. Er schleppte einige scharfe, flache Eisstücke hin und her, die er auf alle mögliche Weise aneinanderfügte, denn er wollte damit etwas herausbringen. Es war gerade, als wenn wir kleine Holztafeln haben und diese in Figuren aneinanderlegen, was man das chinesische Spiel nennt. Kay ging auch und legte Figuren, und zwar die allerkunstvollsten. Das war das Eisspiel des Verstandes. In seinen Augen waren die Figuren ganz ausgezeichnet und von der höchsten Wichtigkeit: das machte das Glaskörnchen, welches ihm im Auge sass! Er legte vollständige Figuren, die ein geschriebenes Wort waren; aber nie konnte er es dahin bringen, das Wort zu legen, das er unbedingt haben wollte, das Wort Ewigkeit. Und die Schneekönigin hatte gesagt: "Kannst du diese Figur ausfinden machen, dann sollst du dein eigener Herr sein, und ich schenke dir die ganze Welt und ein Paar neue Schlittschuhe." Aber er konnte es nicht.

"Nun sause ich fort zu den warmen Ländern!" sagte die Schneekönigin. "Ich will hinfahren und in die schwarzen Töpfe hineinsehen!" Das waren die feuerspeienden Berge Ätna und Vesuv, wie man sie nennt. "Ich werde sie ein wenig weiss machen! Das gehört dazu; das tut den Zitronen und Weintrauben gut!" Und die Schneekönigin flog davon, und Kay sass ganz allein in dem viele Meilen grossen, leeren Eissaal, betrachtete die Eisstücke und dachte und dachte, so dass es in ihm knackte. Ganz steif und still sass er, man hätte glauben können, er sei erfroren.

Da geschah es, dass die kleine Gerda durch das grosse Tor in das Schloss trat. Hier herrschten schneidende Winde; aber sie betete ein Abendgebet, und da legten sich die Winde, als ob sie schlafen wollten. Und sie trat in die grossen, leeren, kalten Säle ein – da erblickte sie Kay. Sie erkannte ihn, sie flog ihm um den Hals, hielt ihn so fest und rief: "Kay! Lieber, kleiner Kay! Da habe ich dich endlich gefunden!"

Aber er sass ganz still, steif und kalt; da weinte die kleine Gerda heisse Tränen, die fielen auf seine Brust, sie drangen in sein Herz, sie tauten den Eisklumpen auf und verzehrten das kleine Spiegelstück darin. Er betrachtete sie, und sie sang:

Rosen, die blüh'n und verwehen;
Wir werden das Christkindlein sehen!

Da brach Kay in Tränen aus. Er weinte so, dass das Spiegelsplitterchen aus dem Auge schwamm, und nun erkannte er sie und jubelte: "Gerda! Liebe, kleine Gerda! Wo bist du so lange gewesen? Und wo bin ich gewesen?" Und er blickte rings um sich her. "Wie kalt es hier ist! Wie es hier weit und leer ist!"

Und er klammerte sich an Gerda an, und sie lachte und weinte vor Freude. Das war so herrlich, dass selbst die Eisstücke vor Freude ringsherum tanzten, und als sie müde waren und sich niederlegten, lagen sie gerade in den Buchstaben, von denen die Schneekönigin gesagt hatte, dass er sie ausfindig machen sollte, dann wäre er sein eigener Herr und sie wolle ihm die ganze Welt und ein Paar neue Schlittschuhe geben.

Und Gerda küsste seine Wangen, und sie wurden blühend; sie küsste seine Augen, und sie leuchteten gleich den ihrigen; sie küsste seine Hände und Füsse, und er war gesund und munter. Die Schneekönigin mochte nun nach Hause kommen; sein Freibrief stand da mit glänzenden Eisstücken geschrieben.

Und sie fassten einander bei den Händen und wanderten aus dem grossen Schloss hinaus. Sie sprachen von der Grossmutter und von den Rosen oben auf dem Dach; und wo sie gingen, ruhten die Winde und die Sonne brach hervor. Und als sie den Busch mit den roten Beeren erreichten, stand das Rentier da und wartete. Es hatte ein anderes junges Rentier mit sich, dessen Euter voll war; und dieses gab den Kleinen seine warme Milch und küsste sie auf den Mund. Dann trugen sie Kay und Gerda erst zur Finnin, wo sie sich in der heissen Stube aufwärmten und über die Heimreise Bescheid erhielten; dann zur Lappin, welche ihnen neue Kleider genäht und ihren Schlitten instand gesetzt hatte.

Das Rentier und das Junge sprangen zur Seite und folgten, gerade bis zur Grenze des Landes; dort sprosste das erste Grün hervor. Da nahmen sie Abschied vom Rentier und von der Lappin. "Lebt wohl!" sagten alle. Und die ersten kleinen Vögel begannen zu zwitschern, der Wald hatte grüne Knospen, und aus ihm kam auf einem prächtigen Pferde, welches Gerda kannte – es war vor der goldenen Kutsche angespannt gewesen – , ein jungen Mädchen geritten, mit einer leuchtend roten Mütze auf dem Kopf und Pistolen im Halfter. Das war das kleine Räubermädchen, welches es satt hatte, zu

Hause zu sein, und nun erst gegen Norden und später, wenn ihr das nicht zusagte, nach einer andern Weltgegend hinwollte. Sie erkannte Gerda gleich, und Gerda erkannte Sie; das war eine Freude!

"Du bist ein schöner Patron mit deinem Umherschweifen!" sagte es zum kleinen Kay. "Ich möchte wissen, ob du verdienst, dass man deinethalben bis an der Welt Ende läuft!" Aber Gerde klopfte ihr die Wangen und fragte nach dem Prinzen und der Prinzessin. "Die sind nach fremden Ländern gereist!" sagte das Räubermädchen.

"Aber die Krähe?" sagte Gerda. "Ja, die Krähe ist tot!" erwiderte sie. "Die zahme Geliebte ist Witwe geworden und geht mit einem Endchen schwarzen wollenen Garns um das Bein; sie klagt ganz jämmerlich, und Geschwätz ist das Ganze! – Aber erzähle mir nun, wie es dir ergangen ist und wie du ihn erwischt hast." Und Gerda und Kay erzählten.

"Snipp-Snapp-Snurre-Purre-Basselurre;" sagte das Räubermädchen, nahm beide bei den Händen und versprach, dass, wenn es je durch ihre Stadt kommen sollte, es hinaufkommen werde, sie zu besuchen. Und dann ritt es in die weite Welt hinein. Aber Kay und Gerda gingen Hand in Hand, und wo sie gingen, war es herrlicher Frühling mit Blumen und mit Grün. Die Kirchenglocken läuteten, und sie erkannten die hohen Türme, die grosse Stadt; es war die, in der sie wohnten. Und sie gingen in dieselbe hinein und hin zur Türe der Grossmutter, die Treppe hinaus, in die Stube hinein, wo alles wie früher auf derselben Stelle stand. Und die Uhr ging: "Tick! Tack!" und die Zeiger drehten sich. Aber indem sie durch die Tür gingen, bemerkten sie, dass sie erwachsene Menschen geworden waren. Die Rosen aus der Dachrinne blühten zum offenen Fenster hinein, und da standen die kleinen Kinderstühle, und Kay und Gerda setzten sich ein jeder auf den seinigen und hielten einander bei den Händen; die kalte, leere Herrlichkeit bei der Schneekönigin hatten sie gleich einem schweren Traum vergessen. Die Grossmutter sass in Gottes hellem Sonnenschein und las laut aus der Bibel: "Werdet ihr nicht wie die Kinder, so werdet ihr das Reich Gottes nicht erben!"

Und Kay und Gerda sahen einander in die Augen, und sie verstanden auf einmal den alten Gesang:

> *Rosen, die blüh'n und verwehen;*
> *Wir werden das Christkindlein sehen!*

Da sassen sie beide, erwachsen und doch Kinder, Kinder im Herzen; und es war Sommer, warmer, wohltuender Sommer.

* * * * * * *

von Seldvyla I, Gottfried Keller, Bd. 61 *Die Leute von Seldvyla II*, Gottfried Keller, Bd. 62 *Die Marquise*, George Sand, Bd. 63 *Die Marquise von O.*, Heinrich v. Kleist, Bd. 64 *Die Memoiren der Fanny Hill*, John Cleland, Bd. 65 *Die Ratten*, Gerhard Hauptmann, Bd. 66 *Die Räuber*, Friedrich v. Schiller, Bd. 67 *Die Regentrude*, Theodor Storm, Bd. 68 *Die Reisen des Baron zu Münchhausen*, Bd. 69 *Die Schatzinsel*, Robert Louis Stevenson, Bd. 70 *Die Verlobten*, Allessandro Manzoni, Bd. 71 *Die Verwandlung*, Franz Kafka, Bd. 72 *Die Verwirrungen des Zöglings Törleß*, Robert Musil, Bd. 73 *Die Waffen nieder*, Berta von Suttner, Bd. 74 *Die Wahlverwandtschaften*, Johann Wolfgang v. Goethe, Bd. 75 *Don Carlos*, Friedrich v. Schiller, Bd. 76 *Eduards Traum*, Wilhelm Busch, Bd. 77 *Effi Briest*, Theodor Fontane, Bd. 78 *Egmont*, Johann Wolfgang v. Goethe, Bd. 79 *Ein Held unserer Zeit*, Michail Lermontoff, Bd. 80 *Einsichten und Ausblicke*, Gerhard Hauptmann, Bd. 81 *Emilia Galotti*, Gottold Ephraim Lessing, Bd. 82 *Erinnerungen aus galanter Zeit*, Giacomo Casanova, Bd. 83 *Erzählungen*, Wilhelm Busch, Bd. 84 *Es waren zwei Königskinder*, Theodor Storm, Bd. 85 *Essays*, Michel de Montaigne, Bd. 86 *Franz Sternbalds Wanderungen*, Ludwig Tieck, Bd. 87 *Fräulein Else*, Arthur Schnitzler, Bd. 88 *Frühlings Erwachen*, Frank Wedekind, Bd. 89 Gedanken, Blaise Pascal, Bd. 90 *Gefährliche Liebschaften*, Pierre-Ambroise-François Choderlos de Laclos, Bd. 91 *Gegen den Strich*, Joris-Karl Huysmany, Bd. 92 *Geschichte des Fräuleins von Sternheim*, Sophie v. La Roche, Bd. 93 *Geschichte vom braven Kasperl und dem Annerl*, Clemens Brentano, Bd. 94 *Geschichten aus dem Wienerwald*, Ödön v. Horváth, Bd. 95 *Glanz und Elend der Kurtisanen*, Honore de Balzac, Bd. 96 *Glück und Unglück der berühmten Moll Flanders*, Daniel Defoe, Bd. 97 *Götz von Berlichingen*, Johann Wolfgang v. Goethe, Bd. *98 Gullivers Reisen*, Jonathan Swift, Bd. *99 Heidis Lehr und Wanderjahre*, Johann Spyri, Bd. 100 *Heinrich von Ofterdingen*, Novalis, Bd. 101 *Hiob Roman eines einfachen Mannes*, Joseph Roth, Bd. *102 Immensee*, Theodor Storm, Bd. 103 *Iphigenie auf Tauris*, Johann Wolfgang v. Goethe, Bd. 104 *Italienische Märchen*, Clemens Brentano, Bd. 105 *Ivannhoe*, Walter Scott, Bd. 106 Jahrmarkt der Eitelkeiten, William Makepaece Thackeray, Bd. 107 *Jane Eyre*, Charlotte Brontë, Bd. 108 *Jugend ohne Gott*, Ödön v. Horvath, Bd. 109 *Jürg Jenatsch*, Conrad Ferdinand Meyer, Bd. 110 *Kabale und Liebe*, Friedrich v. Schiller, Bd. 111 *Kasimir und Karoline*, Ödön v. Horvath, Bd. 112 *Kinder- und Hausmärchen*, Gebrüder Grimm, Bd. 113 *Kleiner Mann, was nun*, Hans Fallada, Bd. 114 *König Alkohol*, Jack London, Bd. 115 *Krambambuli*, Marie Ebner-Eschenbach, Bd. 116 *Lausbubengeschichten*, Ludwig Thoma, Bd. 117 *Lavinia - Pauline - Kora*, George Sand, Bd. 118 *Leben und Lüge*, Detlev von Liliencron, Bd. 119 *Lebensansichten des Katers Murr*, ETA Hoffmann, Bd. 120 *Lenz. Der hessische Landbote*, Georg Büchner, und andere

Von demselben Herausgeber sind bei BOD bereits erschienen:

Alle Tage Feiertage
ISBN 978-3-7386-0409-2, 280 S.
Allerlei Anlässe zum Aktionieren, Feiern und Gedenken

100 Kinderlieder
ISBN 978-3-7322-3024-2, 112 S.
100 Kinderlieder, altbekannt und immer wieder gern gesungen

Liederbuch (Deutsche Volkslieder)
ISBN 978-3-8423-6702-9, 312 S.
300 Volkslieder aus 8 Jahrhunderten und aller Herren Länder

Sagen und Erzählungen aus Marburg und Oberhessen
ISBN 978-3-7347-8909-0 , 164 S.
Allerlei Schwänke und Geschichten aus dem Marburger Land

Tausenderlei über die Freiheit
ISBN 978-3-7322-9721-4, 140 S.
Mehr als 1000 Zitate, Bonmots und Aphorismen über die Freiheit

Tausenderlei über das Glück
ISBN 978-3-7322-5525-2, 160 S.
Mehr als 1000 Zitate, Bonmots und Aphorismen über das Glück

Tausenderlei über die Liebe
ISBN 978-3-8423-7474-4, 140 S.
Mehr als 1000 Zitate, Bonmots und Aphorismen zum Thema Nr. Eins

Weihnachtsgedichte– Verse, Reime und Gedichte zum Fest
ISBN 978-3-7347-6393-9, 352 S.
290 Werke bekannter und unbekannter Dichter zu Weihnachten

Weihnachtsgeschichten - Erzählungen und Märchen
ISBN 978-3-7347-6404-2, 392 S.
85 kurze und lange Texte zur Weihnachtszeit

Weihnachtsgeschichten 2
ISBN 978-3-7481-7533-9, 360 S.
35 kürzere und längere Geschichten zur Weihnacht

100 Weihnachtslieder
ISBN 978-3-7322-3375-5, 112 S.
100 Weihnachtslieder aus der Heimat und der ganzen Welt

Lob und Tadel an tessitore@web.de